作者簡介　安寧達

在依山傍水的山村學校學習視覺設計，現為專職插畫家，插畫作品有《真的啦》、《晚安，可可》。二〇一五年出版第一本圖文創作繪本《西瓜游泳池》（木馬文化出版），獲得廣大迴響，並入選第五十六屆韓國文化獎（青少年組），之後走上繪本創作之路，擅長以色鉛筆創作，畫風質樸溫暖。代表作有《西瓜游泳池》、《奶奶的奇幻暑假》、《我們總是會再見面的》、《梅莉》、《因為啊……》。

筆名「安寧達」源於韓文發音「안녕달」，意即「你好，月亮」之意。

譯者簡介　馮燕珠

新聞系畢業，曾任職記者、公關、企畫工作。之後為精進韓文，毅然辭掉工作，赴韓進修語言。並於課餘時間教授韓國人中文。回國後從事與韓文相關工作，包括教在台韓國人中文，以及翻譯書籍、韓劇與口譯等。

小木馬繪本屋 009

奶奶的奇幻暑假

作　　者　安寧達
譯　　者　馮燕珠
社　　長　陳蕙慧
副 社 長　陳瀅如
總 編 輯　戴偉傑
責任編輯　王淑儀
行銷企畫　陳雅雯、尹子麟、張元慧
美術排版　陳宛昀

出　　版　木馬文化事業股份有限公司
發　　行　遠足文化事業股份有限公司（讀書共和國出版集團）
地　　址　231新北市新店區民權路108-4號8樓
電　　話　02-2218-1417
傳　　真　02-8867-1891
Email　service@bookrep.com.tw
郵撥帳號　19588272木馬文化事業股份有限公司
客服專線　0800-8667-1065
法律顧問　華洋法律事務所　蘇文生律師
印　　刷　前進彩藝有限公司
2020（民109）年7月初版一刷
2023（民112）年8月初版二刷
定　　價　380元
ISBN　978-986-359-809-1

할머니의 여름휴가 Granny's Summer Vacation
Copyright ©2016 by Bonsoir Lune
All rights reserved.
Originally published in Korea by Changbi Publishers, Inc.
Complex Chinese translation copyright ©Ecus Cultural Enterprise Ltd., 2020
Published by arrangement with Changbi Publishers, Inc.
Through Arui Shin Agency & LEE's Literary Agency
有著作權,翻印必究
特別聲明：有關本書中的言論內容，不代表本公司 / 出版集團之立場與意見

奶奶的
奇幻暑假

安寧達 著·繪

馮燕珠 譯

3

叮咚！

叮咚！叮咚！

門鈴聲響了。

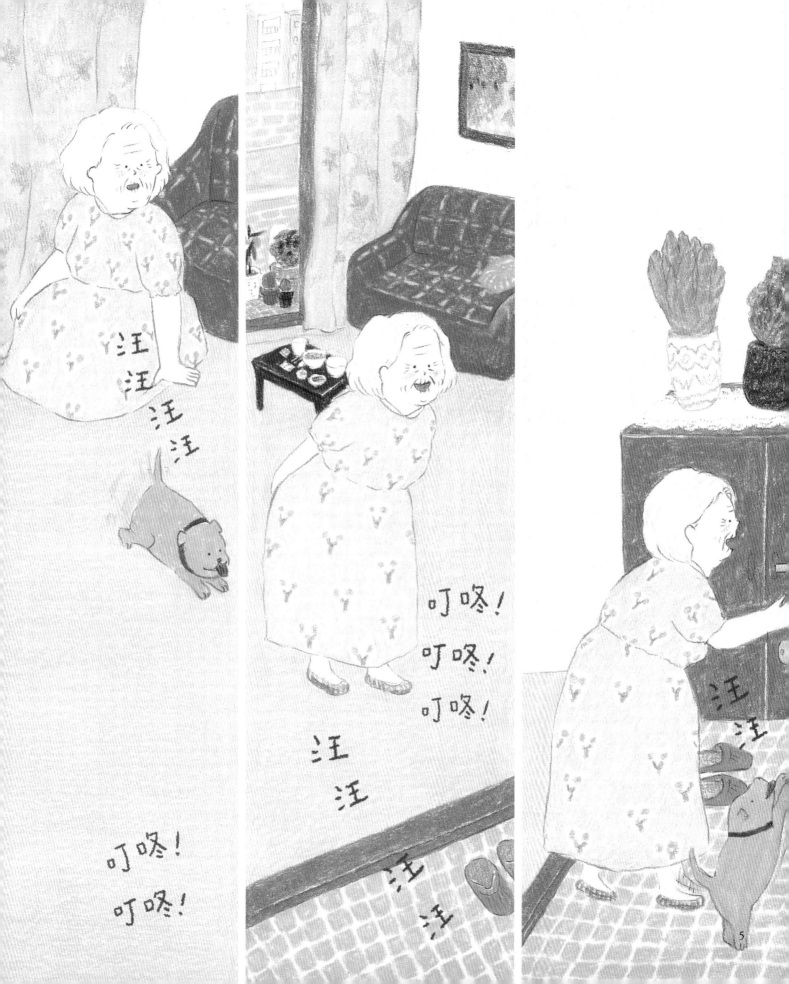

汪汪

友利公寓

奶奶，
我去海邊玩了吧！

是嘛，
難怪你曬黑了啊。

媽媽！
我們也帶
奶奶一起去！

奶奶會太累，
沒辦法去啊。

那麼，
奶奶……

我讓您聽聽大海的聲音。

「聽到了嗎？奶奶？」

「聽到海浪的聲音了嗎？海鷗的聲音呢？」

「有，我都聽到了。」

「螃蟹走路的聲音呢？用沙堆的城堡還在嗎？」

「有啊，都好好的呢！」

媽，
我們差不多
該回家了。

媽媽說該準備回家了。

您一定要好好吃飯喔！

好。

呵
呵

14

「奶奶，這是禮物。

覺得熱的時候，有這個就會變得很涼快喔！」

16

友利公寓

悶熱的午後，連一點風也沒有。

汪 汪 汪 汪 汪

汪 汪

從貝殼裡鑽出來的狗兒梅莉身上，

散發著大海的氣味。

奶奶找出以前的泳衣

帶上大大的洋傘

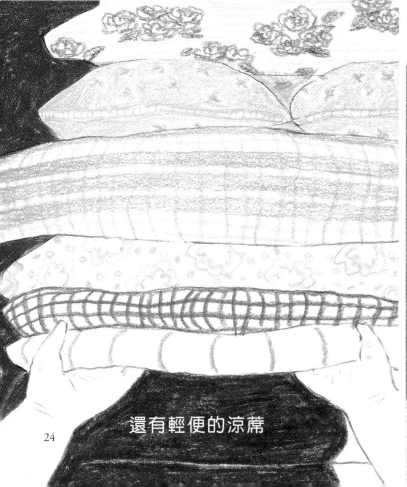
還有輕便的涼蓆

和切了一半的西瓜

奶奶與梅莉一起進入貝殼裡。

嗷
嗷

沒關係啊，梅莉！

嗷 嗷 嗷

很好。

撲通　撲通　撲通　撲通

很涼快吧？

汪汪

奶奶與梅莉一起分享西瓜。

曬一曬身體。

滾來 滾去 滾來 滾去 滾來 滾去 滾去 滾去 滾來

滾滾

海風吹來多麼涼爽啊！

有兩朵雲從奶奶與梅莉的眼前飛過

還有一隻寄居蟹經過

梅莉追著那隻寄居蟹

奶奶跟在梅莉後面

她發現了一間賣紀念品的商店。

商店裡有好多好多紀念品。

會動的相框　　會動的相框　　會動的

奶奶決定買一個海風開關。

40

「我們該回家了吧？」

奶奶與梅莉回到家了。

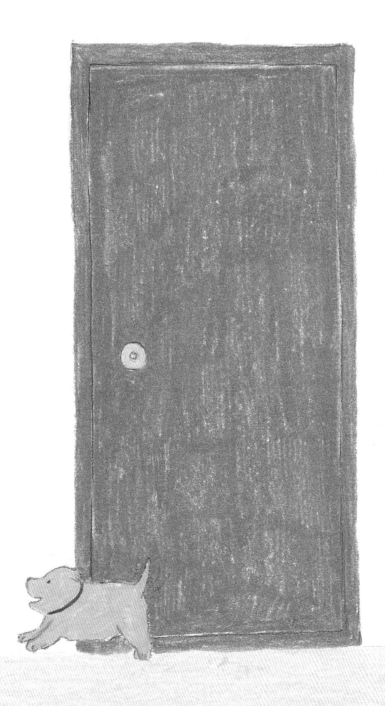

奶奶將海風開關拿出來

放在故障的電風扇上面。

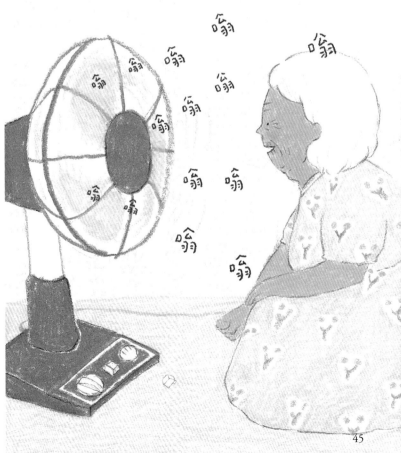

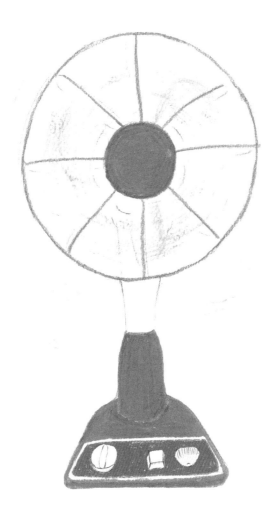

「汪汪」

「是啊，就像海風一樣，好涼爽啊！」